MARK BROWN

LA DÉBACLE TURQUE

F. ROUFF, Éditeur, 148, rue de Vaugirard, Paris 15

LA DÉBACLE TURQUE

I

Deux alliés de l'armée britannique.

En octobre 1917, Mr Harry Bunt, correspondant de guerre d'un journal de Londres accrédité auprès de l'état-major du général Allenby, se présenta au quartier général, après une randonnée à dos de chameau, qui lui avait littéralement rompu bras et jambes.

Le camp anglais était établi à proximité de l'Ouadi-el-Gaza, et le voisinage de cette rivière apportait quelque fraîcheur aux Tommies, parmi lesquels Harry Bunt, exténué, s'assit avec délices.

Sous la tente où on l'avait reçu, quelques officiers, en casque de liège et costume kaki, considéraient le journaliste avec curiosité. Cet homme gros, court, grisonnant, qui suait abondamment et soufflait bruyamment, semblait peu fait pour suivre une campagne fatigante, dans une contrée aride, au climat inclément. Son aspect offrait un contraste saisissant avec celui des militaires qui l'entouraient; ceux-ci, grands, secs, nerveux, la peau tannée par le soleil, étaient taillés de telle sorte que nulle fatigue ne paraissait avoir prise sur eux.

Certains souriaient avec ironie et murmuraient : « Encore un qui regagnera la métropole dans quinze jours en jurant de ne jamais revenir dans ce damné pays! »

C'est qu'ils ignoraient que Mr Harry Bunt avait le feu sacré professionnel et que la curiosité, l'ardeur de voir et de savoir, la joie de rendre compte de ce qu'il aurait vu et su à des centaines de milliers de lecteurs, lui insufflaient une force suffisante pour

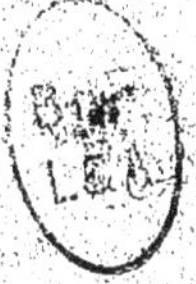

qu'il vint à bout des défaillances de sa douillette personne physique.

Dans l'enveloppe d'un Tartarin, Harry Bunt avait l'âme d'un héros de Kypling, son auteur favori. Son amour passionné pour son métier de reporter lui donnait assez d'énergie pour qu'il se sentît prêt à braver les dangers et les misères, encore qu'il frissonnât, rien qu'en les évoquant...

En arrivant au camp, il eut à peine la force de décliner son nom et sa qualité et d'exhiber les papiers qui l'accréditaient; après quoi, il parut anéanti, n'ayant plus d'autre pensée, semblait-il, que d'éponger son front ruisselant.

Cependant, ayant lui-même observé, de son petit œil malin et perçant, enfoncé sous la broussaille du sourcil, les officiers qui l'entouraient, Harry Bunt murmura soudain, d'une voix mourante :

— Gentlemen, de grâce, je souhaiterais...

— Un « wisky and soda », interrompit un jeune captain, avec un sourire gracieux; rien de plus aisé...

Il allait donner un ordre, mais le journaliste l'arrêta d'un geste :

— Tout à l'heure, dit-il. Ce que je souhaite tout d'abord de votre obligeance, captain, c'est une interview...

— Une interview !

— Oui... J'ai entendu dire, en entrant dans le camp, qu'il y a un courrier qui part dès demain, et je voudrais bien envoyer mon premier article sans retard. Quand je l'aurai écrit, mais seulement à ce moment-là, je boirai, je mangerai et je dormirai.

En parlant, il s'animait. Peu à peu, toute trace de fatigue disparaissait de son visage; sa voix se raffermissait, et ce fut d'un ton péremptoire qu'il ajouta :

— Voyons, je veux faire comme si mes lecteurs n'étaient au courant d'aucun des événements arrivés jusqu'à ce jour dans cette région — et c'est trop vrai pour la plupart d'entre eux. Où en sommes-nous de la campagne?... Qu'avons-nous fait jusqu'à présent?...

Son accent était si persuasif, une intelligence si vive brillait dans son regard, que le captain qui lui avait proposé un wisky n'hésita pas à lui répondre. Suivant une tendance naturelle à son esprit, il le fit avec humour :

— Vous pouvez noter, dit-il, que les Britanniques ont eu, dans leur campagne du Sinaï, qui fut le prélude de la campagne de Palestine, que nous commençons, deux alliés puissants...

Harry Bunt griffonnait des notes, en dodelinant sa grosse tête rouge, d'un air approbateur. Pourtant, lorsqu'il entendit parler de ces deux alliés qu'il avait jusqu'alors ignorés, il sursauta légèrement.

Mais le jeune captain continuait, imperturbable :

— Ces deux alliés, ce sont, tout d'abord l'émir Hussein, roi du Hedjaz et véritable commandeur des croyants, et ensuite *mister Pip*...

Des sourires apparurent sur les lèvres rasées des assistants, à ce nom de Mister Pip, tandis que Harry Bunt fronçait le sourcil, comme un homme qui se demande si on ne se moque pas de lui.

— Je vous parlerai tout à l'heure de *Mister Pip*, poursuivit tranquillement le captain. Laissez-moi dire auparavant quelques mots de l'émir Hussein. Dès avant la guerre, le roi du Hedjaz, grand chérif de La Mecque, protestait énergiquement contre les persécutions infligées aux Arabes par les Turcs. Depuis la guerre, ces persécutions avaient redoublé; les Arabes musulmans n'étaient pas mieux traités que les Syriens chrétiens; c'était un véritable régime de terreur et de dévastation. Des Arabes, échappés aux massacres, s'enfuirent à La Mecque et contèrent leurs griefs au grand chérif, qui, dans un manifeste retentissant, le 27 juin 1916, condamna la guerre menée par la Turquie contre les puissances traditionnellement amies de l'Islam et proclama l'indépendance de l'Arabie. La « guerre sainte » fut déclarée non pas contre l'Entente, ainsi que l'espéraient les Turcs et les Allemands, mais contre les mauvais musulmans de Constantinople. En quelques mois, le royaume du Hedjaz fut purgé des Turcs qui l'occupaient; les troupes arabes allèrent de victoire en victoire; Djeddah, forteresse puissante, capitula après quatre jours de siège; et enfin, ces jours derniers, après un raid extraordinaire, les troupes arabes viennent de s'emparer de Maan et d'Akaba, à plus de 1.000 kilomètres de leur point de départ, opérant leur jonction avec nos propres troupes...

Cette dernière information était une nouvelle pour Harry Bunt, qui l'accueillit avec un enthousiasme non dissimulé. Mais il ne s'arrêta point de griffonner, et demanda :

— Et Mister Pip?...

— J'y arrive, répondit de bonne grâce l'interviewé. Au delà du canal de Suez, nos troupes, allant au-devant des Turco-Allemands, qui s'étaient vantés d'envahir l'Egypte, se trouvèrent, en 1915, dans le Sinaï, en plein désert de sable. Même dans la région dite « des puits », qui passe cependant pour la moins aride, on ne trouve, à de très lointains intervalles, en grattant le sol, que de maigres filets d'une eau blanchâtre que les chameaux, seuls, peuvent boire. Partout ailleurs, c'est le règne incontesté du sable; à l'infini, s'étend cet océan de sable, sec et torride, qui fait de cette région une contrée de damnés...

— Mais Mister Pip? interrompit avec un peu d'impatience le reporter, peu sensible aux descriptions où semblait se complaire son interlocuteur.

— M'y voilà, sourit, non sans malice, le captain. Il fallait vaincre le désert, avant tout autre ennemi; approvisionner en eau potable les postes, les camps, les centres militaires, ravitailler les troupes en marche. Ce fut là l'œuvre de *Mister Pip*...

— Ah! c'est un ingénieur, murmura Harry Bunt.

— *Mister Pip*, rectifia le captain, c'est le surnom amical que les Tommies ont donné à l'aqueduc lui-même, à ce gros tuyau qui a avancé dans le désert en même temps qu'eux et qui en leur assurant la vie, leur a donné la victoire. L'armée anglaise n'a pas reculé devant les travaux formidables que nécessitait cette tâche inouïe : le tuyau, prenant l'eau filtrée du Nil, la passa sous le canal de Suez, l'envoya, sur la rive asiatique, dans un second système de filtres et continua, lentement mais sûrement, sa route bienfaisante à travers le désert, si bien que le Nil a maintenant un nouveau bras, un bras artificiel et loyalement britannique, qui a plus de 150 kilomètres de longueur et qui ne donne son eau qu'aux soldats d'Angleterre et à leurs alliés...

— Hurrah pour Mister Pip! clama Harry Bunt, au comble de la joie.

Je vous signale en outre, reprit le captain, que nous avons fait, au détriment des Turcs, une opération contraire, fort remarquable. La région où ils se tenaient était arrosée par le Ouadi-Mukhseib ; en drainant les eaux souterraines qui approvisionnent cette rivière, nous avons privé nos ennemis d'eau, au moment où nous-mêmes, nous en avions. Aussi, les batailles livrées dans le Sinaï, furent-elles toutes des batailles « pour l'eau ». Les Turco-Allemands prirent pour objectifs de leurs attaques, nos puits d'eau; battus à plate couture en août 1916 à Romani, où ils perdirent 9.000 prisonniers, ils commencèrent leur retraite. Grâce à Mister Pip, nous avons pu les poursuivre, et c'est ainsi qu'aujourd'hui nous nous préparons à attaquer leurs tranchées, de Gaza jusqu'à Biresseba, dont la possession nous donnera l'entrée de la Palestine, tandis que notre allié, le chérif Hussein, menace le flanc ennemi...

— Hurrah pour le chérif! s'écria Harry Bunt. Et grand merci à vous, honorable gentleman, car mon article est fait!... J'aurai plaisir à vous compter parmi mes amis, mister...?

— Captain Edward Harvey, se présente l'interviewé en acceptant le vigoureux shake-hand de l'enthousiaste correspondant de guerre...

II

Premiers succès.

L E lendemain de son arrivée au camp, Harry Bunt fut présenté au général Allenby lui-même, commandant en chef le corps expéditionnaire britannique.

Sir Edmund Allenby, à qui le gouvernement français avait décerné la croix de grand-officier de la Légion d'honneur lors de sa vigoureuse campagne d'Artois en avril 1917, avait pris, peu de temps après, le commandement des troupes alliées en Palestine. C'était un véritable athlète, au teint coloré, à l'œil clair, tantôt doux et tantôt sévère; âgé de cinquante-six ans, il en paraissait à peine quarante. Le petit et bedonnant reporter devait lever la tête pour adresser la parole à ce grand gaillard, qui le reçut d'ailleurs à merveille, l'autorisa à suivre les opérations et lui fit donner un cheval pour lui faciliter sa tâche.

Après l'entrevue, le reporter, toujours hanté par ses préoccupations professionnelles, demanda à son nouvel ami Edward Harvey, quelques détails concernant le général en chef.

— C'est d'abord, répondit le complaisant captain, un admirable cavalier.

Ici, le journaliste fit la grimace; lui-même n'était pas, il s'en fallait même de beaucoup, un admirable cavalier, et 'l ressentait quelque inquiétude au sujet du cheval que le grand chef lui avait généreusement offert. Néanmoins, il nota le détail, tandis que Harvey poursuivait :

— Le général a fait toute sa carrière dans la cavalerie, aux dragons d'abord, puis aux lanciers, où il fut colonel. Il prit part aux campagnes de Bechuanaland, du Zululand et du Sud-Afrique. Et, lorsqu'éclata la grande guerre, il commanda le corps de cavalerie britannique, où j'eus, moi-même, l'honneur de servir sous ses ordres, et qui assuma la tâche difficile et glorieuse de soutenir le choc des armées allemandes, pour protéger, à l'aile gauche, la retraite des armées alliées. Il était beau à voir, ce magnifique cavalier, au milieu de ses soldats, lors des charges épiques d'Andregnies, du Quesnoy, du Cateau. Une fois, je m'en souviens, nous avons failli être cernés, et il a chargé lui-même, avec ses hommes, sabre au poing, brisant l'étreinte ennemie...

— Parfait! dit le reporter... Aimé de ses soldats, sans doute?

— Oui, parce qu'il est juste et bon, et aussi parce qu'il se mêle à leur vie le plus possible. Quand il commandait un corps d'armée en Flandre, son quartier général étant établi dans une école, il partait tous les matins vers les premières lignes, visitant lui-même les tranchées, sans crainte de s'engluer dans la boue ou de recevoir quelque projectile... Cependant aux heures où le général était enfermé dans son bureau, où il travaillait avec une attention profonde, nul ne s'avisait de l'aller déranger sans ordres. Ceux-là seuls qui avaient le privilège d'entrer à toute heure, c'étaient...

— Ses collaborateurs immédiats, sans doute, interrompit Bunt.

— Vous n'y êtes pas! jubila le captain. Ces privilégiés, c'étaient les enfants de l'école, les babys, qui prenaient d'assaut sa table de travail, jouaient avec le colosse dont les bottes étaient plus hautes qu'eux, et s'en retournaient tout joyeux, les poches bourrées de friandises!

— Excellent! s'écria le journaliste. Je m'en vais vous camper un sir Allenby très réussi... Quel dommage que nous n'ayons pas une photo du général, entouré des enfants de l'école! Vous n'avez pas d'autre trait à me signaler?

— Vous pouvez ajouter que les soldats surnomment le général « le bull-dog », mais qu'ils n'y attachent aucune signification malveillante, considérant leur chef comme un « bourru bienfaisant », ainsi que disent les Français... Et le général ne se fâche pas de ce sobriquet; il dit que le « bull-dog » est un brave animal qui aime bien ses amis, mais qui est redoutable pour ses ennemis, et surtout qui ne lâche pas ce qu'il tient; c'est ainsi qu'il fait lui-même et il l'a bien montré aux Huns en Artois et dans les Flandres, comme il va le montrer ici aux Turcs avant qu'il soit longtemps...

Ravi des renseignements que venait de lui donner le captain, Harry Bunt s'empressa de faire, pour ses lecteurs, d'après cette conversation, un portrait original et fidèle de sir Edmund Allenby, cependant que le général lui-même, sans songer que sa physionomie morale allait être dévoilée à des centaines de milliers de ses compatriotes, étudiait la tactique à employer pour forcer les lignes turques qu'il avait dessein d'attaquer.

Quelques jours se passèrent, qui ne furent marqués que par des incidents de peu d'importance, rencontres de patrouilles, essais de coups de mains, dont le récit était minutieusement rapporté à l'état-major.

Au cours de ces journées, Harry Bunt se familiarisa davantage avec ses nouveaux compagnons et gagna beaucoup dans leur estime. Ce gros homme était un causeur brillant et plein d'humour; sa verve amusait les jeunes officiers; son érudition très étendue lui permettait d'aborder tous les sujets; parmi tant de connaissances, il en était

Et il griffonnait au crayon sur son petit carnet (p. 9).

d'immédiatement utiles et agréables; en art culinaire, par exemple, Harry Bunt était un maître et il donna au cuisinier du mess des recettes dont les convives furent charmés; il jouait du piano fort convenablement; il était, au bridge, un partenaire redoutable. En somme, c'était un joyeux compagnon, et sa présence contribua à faire paraître moins amer l'éloignement de la vieille et chère Angleterre...

Le 30 octobre, Edward Harvey, pour qui le journaliste avait gardé une prédilection, lui confia :

— Demain, notre aile droite attaque à Bir-es-Seba, gare terminus du chemin de fer dernièrement embranché par l'ennemi sur la ligne de Caïffa à Jérusalem. Aussitôt après la réussite de cette offensive, la bataille s'étendra jusqu'à Gaza, à notre aile gauche, c'est-à-dire sur plus de vingt-cinq milles (1). Et si Gaza tombe, ce dont je ne doute pas, nous assisterons à de grandes chose, mon vieux camarade!

— Je vois que je suis arrivé au bon moment, s'écria joyeusement Harry Bunt, et que j'aurai des articles sensationnels à expédier à mon journal! Mon cher garçon, vous allez, s'il vous plaît, me mettre à même de voir quelque chose d'intéressant dès demain!

____

(1) Le mille anglais vaut environ 1.600 mètres.

— Choisissez vous-même, répondit en riant Edward Harvey. Nous attaquons Bir-es-Seba par l'ouest et le sud-ouest; mais, en même temps, des troupes montées exécuteront, dans le désert, un vaste mouvement tournant pour aborder la ville par l'est. Je crois qu'il y aura là une chevauchée amusante. J'ai pour mission de la suivre, afin de rendre compte. Voulez-vous venir avec moi?

Au mot de chevauchée, Harry Bunt, qui était, nous l'avons dit, un piètre cavalier, pâlit un peu et ne put contenir une mimique désapprobative. Le captain se méprit sur le sens de cette mimique et s'empressa de dire :

— Au fait, si vous préférez rester dans le camp, au quartier général, vous en saurez tout autant, sinon davantage, qu'en suivant de plus près le combat.

En parlant ainsi, l'officier songeait :

— Dommage qu'il soit capon, le camarade! Il m'allait tout à fait, sans cela!

Mais Harry Bunt protestait :

— Rester en arrière quand il y a de si beaux reportages à faire! Vous n'y pensez pas, mon cher garçon! Je vous suivrai; cependant, je dois vous avouer que je ne suis pas un centaure, et je vous demanderai de ne pas trop vous moquer si j'ai avec mon cheval quelques petits conflits.

Harvey promit, en riant, de ne point railler les talents équestres du journaliste.

La colonne de cavalerie chargée d'exécuter le mouvement tournant par l'est partit pendant la nuit. Edward Harvey et Harry Bunt étaient à l'arrière-garde; ils allaient en silence, le captain songeant aux opérations qui se dérouleraient le lendemain, et Harry Bunt pensant à sa monture.

Fort heureusement, le cheval qui lui avait été donné semblait une bête très douce, qui obéissait à la moindre pression de la main, et le reporter, tout fier de se tenir si bien en selle, regrettait d'avoir confié à son compagnon ses appréhensions quant au sport hippique.

Au petit jour, toute la colonne, qui se dirigeait vers le nord-est, fit un brusque crochet, revenant, à travers le désert, vers Bir-es-Seba.

Harry Bunt regardait autour de lui, avec stupeur, cette étendue infinie de sable. Pas un arbre, pas une touffe d'herbe, le sable partout. Il se prenait à songer aux récits des voyageurs qui avaient souffert mille morts, égarés dans ce « pays de la soif », et, s'il l'eût osé, il aurait volontiers demandé à Edward Harvey s'il était bien sûr que l'on fût « dans la bonne direction ».

Soudain, une vive canonnade se fit entendre du côté même vers lequel on marchait, comme pour répondre aux pensées secrètes du journaliste. L'attaque commençait.

Au fur et à mesure que l'on avançait, le fracas du canon se faisait plus violent; il était accompagné, à présent, de décharges de mousqueterie et du roulement criard des mitrailleuses. La lutte, là-bas, devenait plus âpre, cependant que les cavaliers accouraient au grand trot, pour jeter, dans la bataille, l'appoint imprévu et victorieux de leurs sabres.

Tout à coup, comme l'on approchait de la ville et que l'avant-garde et le gros de la colonne se rangeaient en bataille, Edward Harvey s'aperçut que son compagnon le dépassait :

— Pas si vite, que diable! jura-t-il, mais où allez-vous?

Le cheval de Harry Bunt prenait le galop, malgré les efforts de son cavalier, qui tirait de toutes ses forces sur la bride. Le noble animal, grisé par la proximité de la bataille, s'emballait pour aller rejoindre ses congénères.

Soudain, les trompettes sonnèrent et, d'un seul élan, toute la cavalerie s'engouffra dans la ville, que l'infanterie britannique attaquait de front. Ce fut, chez les Turcs, un désarroi absolu; ils lâchèrent pied immédiatement, et s'enfuirent, poursuivis par les Anglais...

Au moment où les trompettes avaient retenti, la monture d'Harry Bunt, complètement affolée, s'était élancée au premier rang, dépassant tous les autres chevaux, et le reporter, devenu combattant malgré lui, avait disparu, aux yeux d'Edward Harvey, dans un tourbillon de cavaliers, lancés pêle-mêle au milieu de la bataille.

En un clin d'œil, la ville de Bir-es-Seba fut nettoyée de ses derniers défenseurs, cependant que les poursuivants harcelaient les Turcs jusque dans leurs tranchées de soutien, établies à cheval sur deux cours d'eau, l'Ouadi-el-Hanafich et l'Ouadi-el-Sufi; là un nouveau combat se livrait, qui se termina par la prise de ces tranchées et une nouvelle fuite des Turcs vers le Nord...

A la tombée de la nuit, Edward Harvey, ayant rendu compte au général de sa mission par l'intermédiaire d'un agent de liaison, parcourut le champ de bataille, à la recherche de son infortuné compagnon, le reporter Harry Bunt, dont il n'avait plus de nouvelles depuis sa disparition.

Accompagné d'un homme qui portait un falot, le captain se penchait sur les cadavres, des Turcs en grande majorité, sans retrouver celui du reporter.

Soudain, il s'entendit interpeller par une voix bien connue :

— Hallo! Harvey! Serait-ce trop vous demander que vous prier d'approcher votre lumignon?...

Tout heureux d'entendre parler celui qu'il croyait tué ou blessé, le captain s'élança et vit un spectacle bizarre.

Le reporter était couché sur le sol, l'une de ses jambes engagée sous le poids de son cheval mort, et il griffonnait, au crayon, sur son petit carnet.

— Par Jupiter! clama-t-il, votre lanterne arrive à son heure; j'ai
encore quelques lignes à écrire et je n'y voyais plus du tout!

— Rien de cassé? demanda le captain, tout en s'efforçant de ren
dre la liberté au reporter en le débarrassant du poids qui l'immobi
lisait.

— Peuh! quelques petites contusions peut-être... mais un article
de tout premier ordre!

III

De Gaza à Jérusalem.

LES « petites contusions » qu'annonçait Harry Bunt avec tant
de désinvolture, étaient cependant assez graves pour l'oblige
à rester allongé sous la tente durant plusieurs jours. Là, il n
décoléra pas; il lui fallait remplacer le reportage vécu qu'il ava
rêvé, par les récits des officiers d'état-major, qui, à tour de rôl
venaient lui tenir compagnie.

Dans la nuit du 1er au 2 novembre, l'aile gauche britanniqu
pour compléter et exploiter le succès remporté le 31 octobre par l'ail
droite, attaqua les défenses occidentales de Gaza.

Bunt voulait à tout prix se lever pour suivre de près les opéra
tions, malgré les prescriptions absolues du docteur; mais il ne pu
faire que quelques pas, pâlit, chancela, et dût se recoucher en mau
gréant.

Il ne se rasséréna que lorsqu'il put télégraphier à son journal
d'après les renseignements qu'on lui donna, le bilan de cette attaque
la première ligne turque enlevée sur un front de 3 milles et l'ennemi
laissant entre nos mains 2.636 prisonniers, dont 207 officiers, ave
15 canons.

Cependant, la cavalerie qui avait si brillamment participé à l
prise de Bir-es-Seba, avec le concours involontaire de Bunt, continua
sa marche en avant, le long du chemin de fer et atteignait l'Ouad
el-Hesy, à 25 milles de son point de départ, à l'entrée de la vallé
d'Hebron.

Dès lors, la ville de Gaza elle-même était débordée par l'Est, e
les troupes montées britanniques, se rabattant vers elle, renouvelèren
le 6 novembre, leur manœuvre du 31 octobre, en prenant de flan
l'ennemi que l'infanterie attaquait de face. Cette fois encore, la ma
nœuvre réussit à merveille et, ce même jour, 6 novembre, Gaz
tombait entre les mains des Anglais, qui exploitant à outrance leu

succès, firent en quatre jours plus de 6.000 prisonniers. Le 8 novembre, les troupes britanniques bordaient toute la rive méridionale de l'Ouadi-el-Hesy; le 9 elles prenaient et dépassaient Askalon, et le 10 atteignaient Esdoud, à 20 milles au nord de Gaza, là, l'ennemi, en force, tentait de se retrancher sur l'Ouedi-Soukreir.

Ce fut ce jour-là que Harry Bunt, ayant enfin retrouvé l'élasticité de ses membres, put voyager autrement que couché dans une voiture et s'efforça de suivre les opérations du plus près qu'il lui fût permis.

Renonçant provisoirement à jouer le rôle de cavalier, qui lui avait assez mal réussi, il obtint l'autorisation de suivre l'infanterie, en même temps que l'état-major d'une brigade, où sa silhouette bedonnante et boitillante fut bientôt familière.

C'est ainsi que, le 13 novembre, il assista, du poste de commandant, au violent combat livré par les Britanniques, dans le dessein de déloger les Turcs de leurs retranchements et de progresser vers Jaffa.

Dès le début de la matinée, le canon se mit à tonner, de part et d'autre. Juché sur un observatoire et muni d'une jumelle, le reporter considérait curieusement les ravages faits par les obus anglais dans les tranchées ennemies.

— Bien! très bien! disait-il quand le coup lui semblait avoir bien porté.

Parfois, les projectiles turcs éclataient non loin de l'observatoire, avec un fracas de tonnerre, en projetant des éclats, de la terre, des cailloux, en même temps qu'une fumée noirâtre.

Harry Bunt semblait n'en éprouver aucun souci; le démon de la curiosité était plus fort en lui que l'instinct de la conservation et les officiers qui étaient auprès de lui appréciaient fort le sang-froid de ce civil.

Soudain, l'infanterie britannique, brusquement issue de ses tranchées, s'élança à l'attaque. De loin, on eût dit une légion de fourmis, surgissant hors de la fourmilière.

Les minuscules silhouettes, en colonnes minces, allaient de l'avant, submergeaient les positions turques, depuis la ville d'Esdoud elle-même, jusqu'à la Méditerranée.

Les fusils, les mitrailleuses, les grenades, crépitaient. La lutte semblait ardente.

Bientôt, cependant, la ville fut dépassée; le pavillon britannique y flotta; les Turcs battaient en retraite vers le nord : c'était la victoire.

Harry Bunt manifestait bruyamment sa joie, interpellait les blessés qui s'en revenaient vers l'arrière, suivait, en boitant, appuyé sur sa canne, l'état-major de la brigade, qui, lui aussi, allait de l'avant.

La poursuite des Turcs en retraite s'intensifiait, et, le lendemain, Harry Bunt pût télégraphier à son journal que les troupes britanniques, ayant pris Esdoud, se trouvaient à moins de huit milles au sud de Jaffa.

A dater de ce jour, la marche des Anglais dans la plaine côtière de Palestine fut une marche triomphale et l'enthousiasme de Harry Bunt ne faiblit pas une minute.

Chaque journée écoulée amena son succès. Le 14 novembre, l'infanterie anglaise s'empara des voies ferrées de la jonction de la ligne Bir-es-Seba avec la ligne Jaffa-Jérusalem; le 15, elle arriva à 3 milles de Jaffa, refoulant toujours les Turcs, et portant à neuf mille le nombre des prisonniers faits depuis Gaza.

Le 17 novembre enfin, les Australiens et les Néo-Zélandais entrèrent, presque sans coup férir, dans Jaffa, où Harry Bunt, délirant de joie, les suivit de près, toujours bouillant.

Ce succès était d'importance. Jaffa est le port de Jérusalem et la ville sainte se trouvait ainsi coupée du littoral. D'autre part, Edward Harvey informa Harry Bunt que des troupes anglaises, étaient en marche directement vers Jérusalem par la vallée d'Hébron et le plateau de Judée, de telle sorte que la ville, menacée à l'ouest par les vainqueurs de Jaffa était également sous le coup d'une attaque par le sud.

Et Harry Bunt put pronostiquer, presque à coup sûr, que Jérusalem allait être prochainement délivrée du joug ottoman.

Cependant les Turcs organisaient une forte résistance, d'une part au nord de Jaffa, sur la rivière Aoudja, d'autre part autour de Jérusalem, sur les hauteurs qui dominent la région.

Harry Bunt avait quitté Jaffa en toute hâte, pour se porter vers l'aile droite anglaise, qui opérait vers Jérusalem, décrivant autour de la ville un demi-cercle destiné à la déborder par le nord-ouest.

Il y arriva le 19, en même temps que son ami Edward Harvey, pour assister, de loin, à la prise de Beit-Iksa par les Ecossais, qui enlevèrent à la baïonnette, ce village situé à 5 milles de la cité sainte.

Le lendemain, tout palpitant d'espoir, il vit les Ecossais arriver jusqu'à la chaussée de Naplouse, dont la possession coupait en partie la retraite aux défenseurs de Jérusalem, qui n'avaient plus d'autre ligne de repli que la route de Jéricho et la vallée du Jourdain, ce qui rendait leur position très précaire.

Tandis qu'il échangeait ces réflexions avec Harvey, une formidable canonnade se fit entendre. Les Turcs contre-attaquaient sur la chaussée de Naplouse, où des éléments légers seulement s'étaient alors établis. Les Ecossais, en nombre très inférieur, durent reculer. L'ennemi conservait sa liberté de manœuvre et Jérusalem était encore défendable.

Harry Bunt en aurait pleuré...

Cependant, malgré un vif bombardement, l'infanterie anglaise s'empara, trois jours plus tard, de la station d'Ait-Karim, à trois

La foule manifestait une joie sincère (p. 14).

nelles environ à l'ouest de la ville.

En même temps, l'extrême-droite anglaise, progressant par le sud, dépassa Hébron, et, en dépit d'une résistance acharnée, atteignit Bethléem, puis tourna la ville par le sud-est, menaçant la ligne de repli par la route de Jéricho et le Jourdain.

Harry Bunt, en loyal allié, nota sur son carnet que cette colonne, dont l'intervention était si opportune, était commandée en partie par un contingent français, que commandait le colonel de Piepape, et par un contingent italien.

Ce fut le 5 décembre que sir Edmund Allenby, estimant que le mouvement enveloppant de cette colonne était suffisamment avancé, donna l'ordre d'attaque générale.

L'artillerie prit peu de part à cette attaque; l'ordre impératif était donné par le général en chef d'épargner les monuments des lieux saints.

On se battit à la baïonnette et à la grenade durant quatre jours, et le dimanche 9 décembre, cette croisade moderne prenait fin : les Turcs, vaincus, arboraient le drapeau blanc de la capitulation.

Le mardi 11 décembre, le général Allenby fit son entrée officielle dans la ville.

Tout le monde était à pied, à la grande joie de Harry Bunt, qui se souciait peu de compromettre son prestige de journaliste anglais, en se montrant à cheval, dans une posture peu avantageuse, aux habitants de la ville sainte.

Sir Edmund Allenby était entouré de son état-major; auprès de lui, marchaient M. Georges Picots, haut commissaire du gouvernement français, le colonel de Piepape et le lieutenant-colonel italien d'Agostino. La population s'était portée au-devant des vainqueurs. Des femmes et des jeunes filles avaient jonché la route de fleurs et de palmes. La foule manifestait une joie sincère.

Le général Burton, nommé depuis la veille gouverneur militaire de Jérusalem, reçut, à la porte dite de Jaffa, le cortège, qui comprenait, outre l'état-major, des détachements de toutes les troupes qui faisaient partie du corps expéditionnaire : Anglais, Écossais, Irlandais, Gallois, Indous, Australiens, Néo-Zélandais, Français et Italiens étaient représentés.

Le cortège se rendit à la citadelle, et, des marches de la Tour de David, lecture fut donnée à la population, successivement en anglais, en français, en italien, en grec, en russe, en arabe et en hébreu, de la proclamation des Alliés, qui établissait la loi martiale, garantissait la protection des sujets de toutes les nationalités et l'exercice libre de tous les cultes.

Après quoi, le général en chef reçut les notables et les délégués de différentes associations religieuses. Le consul d'Espagne fut également reçu, et Harry Bunt nota sur son carnet que ce consul était un homme fort occupé, car, en sa qualité de neutre, il représentait, à Jérusalem, les intérêts de tous les belligérants, si bien qu'il se transmettait parfois des notes à lui-même...

Harry Bunt, ayant rédigé son article, tint à passer la nuit dans la ville. Il eut, dans un caravansérail, un sommeil très agité, rêvant qu'il vivait au moyen âge et que, revêtu d'une armure de fer, il participait à une croisade...

IV

La campagne de 1918.

L A prise de Jérusalem fut le couronnement de la campagne de 1917, et l'hiver se termina sans que fussent intervenus de grands événements. Au nord de Jaffa, cependant, la rivière Aoudja fut dépassée par les Britanniques, qui s'établirent sur la rive nord...

Puis, les chaleurs survinrent, qui empêchèrent provisoirement les opérations. Harry Bunt souffrit particulièrement, au cours du printemps et de l'été 1918. Il fut assailli par d'innombrables ennemis, qui lui parurent infiniment plus tenaces et plus gênants que les Turcs qu'il avait naguère chargés si involontairement avec la cavalerie britannique; ces ennemis, c'étaient les moustiques, les scorpions, les vipères.... Il eut à lutter surtout contre la chaleur suffocante, contre le sable brûlant qui pénétrait partout, contre les coups de vent subits et impétueux, qui arrachaient et enlevaient les tentes comme des fétus de paille.

Pourtant, il ne resta pas inactif. Parcourant à dos de chameau, les cent kilomètres du front, il envoya à son journal une série d'intéressantes chroniques vécues; il séjourna successivement dans le secteur du Jourdain, véritable désert de pierres, aux crêtes rocailleuses, qui semblent s'étendre à l'infini; puis dans le secteur que les Britanniques appellent « l'Enfer de Jéricho », où la température, à l'ombre, est de 40 degrés et où Harry Bunt vécut au milieu des Indous, dont les faces bronzées sous les turbans multicolores, animaient le paysage de désolation; puis sur le littoral, auprès de Jaffa, où il retrouva son ami Edward Harvey, lui-même, très heureux de revoir l'habile pianiste et le fort joueur de bridge qui l'aidait à supporter l'exil.

Là, une surprise attendait Harry Bunt : ses compatriotes, qui ne doutaient décidément de rien, avaient installé une fabrique de glace et d'eau gazeuse, si bien que les « wisky and soda » à la glace pilée étaient devenus une chose très ordinaire...

L'été touchait à sa fin et le mois de septembre était fort avancé; l'écho des victoires alliées sur le front occidental avait fait naître au cœur des Anglais de Palestine une noble émulation. On disait, dans le camp, que le général Allenby se préparait à frapper un grand coup.

Le 17 et le 18 septembre, des conciliabules animés eurent lieu au quartier-général: des allées et venues fébriles d'estafettes indiquaient que des ordres urgents étaient transmis et des renseignements importants reçus. Tous les officiers d'état-major étaient sur les dents et Harry Bunt se dépitait de voir que son compagnon habituel, le capitaine Harvey, n'avait guère le temps de s'attarder auprès de lui.

Enfin, le soir du 18 septembre, le captain dit à Bunt : « C'est pour cette nuit! » L'attaque générale des positions turques devait être déclanchée, en effet, dans la nuit du 18 au 19, sur tout le front, entre la mer et le Jourdain, avec la coopération des troupes arabes du chérif Hussein.

Harry Bunt, suivant son habitude, demanda et obtint l'autorisation de suivre les opérations avec l'état-major d'une brigade.

Le 19, à quatre heures du matin, après un bombardement court et violent, les fantassins britanniques s'élancèrent à l'assaut.

D'un seul bond, dans le secteur de Jaffa, à l'aile gauche anglaise, où Bunt observait les événements, les fantassins enlevèrent tout le système des tranchées turques, y pénétrèrent jusqu'à huit kilomètres de profondeur, puis firent une brusque conversion vers l'Est et tombèrent sur les derrières du centre ennemi, sur la route de Naplouse.

Les Turcs, entourés, coupés de leurs communications, attaqués de front, de flanc, et par derrière, se rendirent en masse.

Dans le même moment, la cavalerie indienne et australienne, continuait, le long de la côte, la progression acquise par l'infanterie avant sa conversion, sabrait les Turcs en retraite et parvenait, en quelques heures, à une importante jonction de routes, située à plus de 20 milles du point de départ.

Les unités navales, coopérant à l'action des troupes de terre, balayaient de leurs feux les routes du littoral, ajoutant au désarroi des Turcs en déroute.

Harry Bunt griffonnait fébrilement sur son carnet de reporter, relatant tout ce qu'il voyait, tout ce qu'il entendait; il était partout, infatigable et sautillant, tout ruisselant de sueur et tout radieux.

— Combien de prisonniers? demanda-t-il, dans la matinée, à un officier d'état-major.

— Trois mille sont comptés jusqu'à présent, répondit l'interpellé; mais il y en a bien davantage!

Penché sur la carte, Harry Bunt, se faisant expliquer les opéra-

...ions en cours, calculait que la seule ligne de retraite de l'ennemi
battu se trouvait être la ligne du chemin de fer d'Amman à Diraa,
lorsqu'un de ses compagnons, ayant pris connaissance d'un pli,
s'écria :

— Excellente nouvelle! les Arabes du roi Husseïn, qui opèrent à
notre extrême droite, à l'est du Jourdain, ont débordé la voie ferrée
de Deraa et coupé les communications avec ce centre!

— C'est la fin des Turcs! clama Harry Bunt, ivre de joie. Et, de-
rechef, il se mit à griffonner des notes sur son petit carnet.

En effet, les jours suivants, la victoire des Alliés s'accrût considé-
rablement; l'événement prit, pour les Turcs, les proportions d'une
catastrophe.

Dans la journée du 20 septembre, Harry Bunt, cheminant à travers le territoire conquis la veille, aperçut, partout sur les routes,
dans les fossés, une énorme quantité de matériel, camions de muni-
tions, armes, équipements. Les Turcs, pour fuir plus vite, avaient
dételé les chevaux des camions afin de les monter, jetant tout ce
qu'ils portaient eux-mêmes, pour se rendre plus légers.

C'était la débandade complète, la débâcle irrémédiable.

Grâce aux habiles conversions exécutées par les troupes alliées,
les Turcs en fuite se heurtaient à des détachements anglais ou français, surgis brusquement devant eux, et se rendaient aussitôt.

Le 21 septembre, la cavalerie anglaise atteignit Nazareth, menaçant Caïffa par l'Est.

Le nombre de prisonniers croissait sans cesse; il dépassait à présent 18.000 et le chiffre des canons capturés était déjà de 120.

L'infanterie, chassant l'ennemi vers l'ouest de la route de Naplouse à Jérusalem; le jeta dans les bras de la cavalerie britannique,
qui cueillit sans difficulté de nouveaux et nombreux prisonniers.

D'autres colonnes ennemies, qui tentaient de s'échapper par la
vallée du Jourdain, furent soudain assaillies par des escadrilles
d'avions britanniques, qui les écrasèrent sous leurs bombes, puis,
volant à faible hauteur, les mitraillèrent presqu'à bout portant.

Harry Bunt, juché sur un chameau, se déplaçait constamment,
allant d'état-major en état-major; sa silhouette était connue de tous,
même des Arabes, qui, le voyant sans cesse écrire, le tenaient pour
un grand savant.

Il sifflait joyeusement des airs patriotiques et il envoyait quoti-
diennement à son journal des chroniques enflammées, dont chacune
était un chant de victoire et d'allégresse.

Un seul regret jetait une petite ombre sur sa joie; il venait d'ap-
prendre que le général boche Liman von Sanders, commandant en
chef les troupes ennemies, qui avait son quartier-général à Nazareth, avait pu décamper quelques minutes avant l'arrivée dans cette
ville de la cavalerie anglaise...

La victoire se développe.

L E 22 septembre, le général Allenby reçut du roi d'Angleterre le télégramme suivant, que Mr Harry Bunt lut avec autant d'orgueil que s'il lui avait été adressé personnellement :

« C'est avec un sentiment de fierté et d'admiration que tous ici,
« nous avons reçu les nouvelles de l'opération si habilement conçue
« et si brillamment exécutée à la suite de laquelle les forces bri-
« tanniques des Indes et les forces alliées, sous votre commande-
« ment, appuyées par la flotte royale, ont obtenu une victoire com-
« plète sur l'ennemi.

« Je suis certain que ce succès, qui a ainsi libéré la Palestine de
« la domination turque, prendra place parmi les grands exploits de
« l'histoire de l'empire britannique et restera à jamais un témoi-
« gnage mémorable de la valeur du commandement britannique et
« des qualités guerrières des troupes britanniques et indiennes. »

Ayant lu ce télégramme, que le capitaine Harvey lui avait communiqué, Harry Bunt poussa un triple hurrah à l'adresse de Sa Majesté le roi George V, puis demanda :

— Quelles sont les nouvelles de la matinée?

— Elles justifient amplement les félicitations de Sa Majesté, répondit le captain. Les passages du Jourdain, à Jisr-ed-Damir, ont été saisis ce matin. La dernière voie par où l'ennemi aurait pu s'échapper est ainsi coupée par nos troupes. C'est dire que les 6ᵉ et 8ᵉ armées turques, qui tenaient la Palestine, ont virtuellement cessé d'exister. Quant au chiffre des prisonniers, nous en sommes à 25.000, avec 260 canons! Demain, peut-être, les troupes montées qui se sont emparées de Nazareth, seront à Caïffa et à Saint-Jean-d'Acre.

Les prévisions du captain se réalisèrent point pour point: le 23 septembre, Caïffa et Saint-Jean-d'Acre, après une faible résistance, tombaient entre les mains de la cavalerie britannique.

Cependant, les débris des armées turques de Palestine, une dizaine de mille hommes, pourchassés par les Arabes le long du chemin de fer du Hidjaz, qui mène jusqu'à Damas, résistaient encore à Amman.

La nature du terrain était
très favorable à une défense
opiniâtre de la ville; celle-ci est
adossée à une haute colline et
entourée d'un cirque de moindre hauteur.

Le général Allenby résolut
d'en finir avec ce centre, dont la
possession lui donnerait définitivement la haute main sur le
chemin de fer du Hedjaz.

Harry Bunt, avisé à temps, se
trouvait, le 24 septembre, avec
les Australiens qui tournaient la
ville par le Nord, tandis que les
Néo-Zélandais l'encerclaient par
l'Ouest.

Les Britanniques avaient
amené seulement quelques canons de montagne, dont le trans-
port était rendu difficile par la
configuration du terrain. Il est
vrai que l'ennemi était également assez pauvre en artillerie;
mais il semblait abondamment
pourvu de mitrailleuses. Chaque
colline était tenue par de forts
détachements, bien retranchés.
Les Australiens et les Néo-Zélandais se frayèrent un chemin
autour de ces collines, en dépit
du tir des mitrailleuses, de telle
sorte que les occupants, crai-
gnant d'être coupés du gros de
leurs troupes, se résignaient à

Les Arabes le voyant sans cesse
écrire le tenaient pour un grand
savant (p. 17).

fuir au fur et à mesure que les crêtes étaient investies.

Puis, d'un seul bond, les Britanniques s'élancèrent sur la ville
elle-même, qui fut définitivement occupée avant la tombée de la
nuit.

Une fois de plus, Harry Bunt assista au long et morne défilé des
prisonniers, parmi lesquels de nombreux officiers allemands, fré-
missant de rage impuissante, et dont l'attitude contrastait avec celle
des Turcs, qui s'inclinèrent devant la fatalité et murmuraient douce-
ment : « C'était écrit. »

La prise d'Amman donnait aux troupes du général Allenby des

possibilités vers Deraa, déjà menacé à l'Ouest par les forces qui
avaient pris le mont Thabor et Jisr-ed-Damir, puis vers Damas!

Après la Palestine, c'était la Syrie que les Britanniques se prépa-
raient à conquérir pour porter le coup de grâce à la Turquie agoni-
sante.

Le chiffre des prisonniers s'accroissait de jour en jour; le 26 septembre, il dépassait 40.000. L'avance réalisée en 6 jours était de plus
de 150 kilomètres, sur un front de 100 kilomètres!

VI

Le chemin de Damas.

AU nord-est du mont Thabor, le Jourdain s'élargit en un lac
assez vaste, nommé lac de Tibériade, qui offrait aux renforts
Turcs accourus en toute hâte pour défendre la Syrie, des
possibilités de résistance. Ces renforts, occupant les passages du Jourdain supérieur, au sud du lac, et ayant détruit les ponts, étaient établis sur la route menant à Mezerib et à Deraa, sur le chemin de fer
de Damas et empêchaient la jonction des troupes britanniques opérant à l'ouest avec celles qui montaient le long du chemin de fer, et
notamment avec les Arabes du roi Hussein.

Dans la soirée du 27 septembre, une brigade de cavalerie légère
australienne fut chargée de passer le Jourdain et de culbuter les
Turcs.

Parmi l'état-major de cette brigade, l'inévitable Bunt, toujours
monté sur son chameau, qu'il préférait de beaucoup aux chevaux,
depuis sa fâcheuse expérience de l'année passée, assistait à la bataille.

Malgré le feu roulant dirigé sur elle par les Turcs, l'avant-garde
des Australiens passa le Jourdain, s'établit sur la rive gauche, et,
tout en maintenant l'ennemi, se mit en devoir de reconstruire le
pont, pendant la nuit du 27 au 28.

D'autres détachements vinrent renforcer aussitôt ceux qui avaient
passé le fleuve, et, dans la matinée du 28, l'ennemi fut chassé dans
la direction de Mezerib. Des centres de résistance tentèrent de s'or-
ganiser à Irbid et Er-Remte, mais l'impétuosité britannique en eut

rapidement raison. Le même jour, à midi, les troupes anglaises réussissaient à faire, à Deraa, leur jonction avec les Arabes.

Le roi Hussein, en effet, venait de faire son entrée dans cette importante station, en capturant 1.500 nouveaux prisonniers, tandis que les Britanniques en faisaient 6.000, avec 28 canons, ce qui, avec la cueillette faite un peu partout sur l'étendue du front, portait le bilan de la défaite turque à 50.000 prisonniers et 325 canons, suivant la comptabilité que tenait soigneusement, sur son carnet, Mr. Harry Bunt.

Avec l'autorisation du commandement, le journaliste interrogea quelques prisonniers turcs et nota, non sans satisfaction, que les Ottomans étaient furieux contre l'Allemagne qui les avait jetés dans cette guerre qui tournait pour eux au désastre.

Un officier turc, qui parlait fort bien l'Anglais, confirma à Harry Bunt que le général boche Liman von Sanders, las d'être battu, avait purement et simplement abandonné les armées de Palestine, se dirigeant vers Constantinople, pour, de là, regagner Berlin.

L'Ottoman ne cacha pas que cette façon d'agir avait influencé, de façon fâcheuse, le moral déjà ébranlé des troupes et que leur capacité de résistance s'en trouvait assurément encore réduite.

Harry Bunt devait avoir, le lendemain même, la confirmation de cette impression, en apprenant qu'une forte troupe composant les garnisons turques de la voie ferrée du Hedjaz, entre Amman et Maan, avait capitulé sans combattre, à la gare de Ziza. Cette troupe comptait 10.000 hommes et faisait partie du second corps d'armée de la quatrième armée turque.

Le reporter inscrivit, sur son petit registre, à la colonne « passif de l'armée turque », ce nouveau chiffre de 10.000.

Le 30 septembre, enfin, la cavalerie britannique s'établissait au nord-ouest et au sud de Damas, à 220 kilomètres du point de départ de l'attaque du 19 septembre !

Le lendemain, une partie de l'armée arabe rejoignait ces éléments, et la capitale de la Syrie, complètement investie, capitulait, laissant 7.000 nouveaux prisonniers aux mains des troupes alliées, ce qui fit dire par Harry Bunt à son ami Edward Harvey :

— Si cela continue, je serai forcé de prendre un comptable !

Ainsi, le treizième jour de l'offensive, cette capitale, seconde ville de l'empire turc par sa population qui est de 350.000 habitants, tombait au pouvoir des Britanniques.

Il convient d'ajouter que les conquérants furent accueillis avec enthousiasme par la population syrienne, exaspérée par le régime d'oppression que lui faisait subir le joug ottoman.

Quelques jours plus tard, le 5 octobre, Mr. Harry Bunt, confortablement assis sur une chaise-longue pliante, dans la tente que le capitaine Edward Harvey partageait avec quelques camarades, récapitulait sa petite comptabilité, d'où il déduisait que trois armées turques au moins avaient été anéanties.

Mais ses compagnons, secondés par les événements, se plaisaient à le déranger dans ses calculs.

— Ajoutez 6.000 Turcs, qui viennent de se rendre à notre cavalerie, qui balaye le terrain au nord de Damas, lui disait Harvey.

Et, docilement, Bunt ajoutait les 6.000 Turcs.

— Et 5.000 autres que les Australiens ramènent de Zebedani, sur le chemin de fer de Beyrouth, disait un autre.

Imperturbable, Bunt ajoutait les 5.000 nouveaux prisonniers.

— N'oubliez pas 3.000 Austro-Boches qui ont été pris au piège, hier matin, reprenait Harvey.

— Et les 8.000 prisonniers du roi Hussein, précisait un autre.

L'addition, au total, donnait 78.000!

<h1 style="text-align:center">VII</h1>

La prise de Beyrouth.

LE 6 octobre était un dimanche. Une accalmie relative avait succédé à la fièvre des jours précédents. Seuls, des détachements de cavalerie continuaient à balayer les environs de Damas, ramassant quelques prisonniers épars, débris des trois armées turques de Palestine et de Syrie, dont, à l'estimation de Harry Bunt, il ne devait plus rester que quelques milliers de fuyards.

Le digne reporter avait la ferme intention de consacrer ce dimanche au repos complet, tout comme dans la vieille Angleterre, et il avait prié instamment ses amis de ne point le réveiller, le matin, quoi qu'il arrivât.

Ainsi, vers neuf heures, épuisé par les fatigues des jours précédents, il dormait encore, ronflant harmonieusement et puissamment, lorsque, en dépit de sa défense, il fut éveillé en sursaut par une main qui le secouait rudement.

— Debout, mon vieux camarade! Debout! Il y a de grandes nouvelles...

— C'est dimanche, répondit Bunt, en repoussant l'importun et en essayant de reprendre le sommeil interrompu.

— Il vient d'arriver un « sans-fil » sensationnel, reprit impitoyablement la voix du capitaine Edward Harvey.

— C'est dimanche, répéta le reporter avec énergie.

— Bien! Vous ne saurez rien!

Et le capitaine fit mine de quitter la tente.

— Allons! qu'y a-t-il? demanda, en étouffant un bâillement, le journaliste, esclave du devoir professionnel.

— Non, non! C'est dimanche! fit la voix moqueuse d'Harvey... Et nous irons à Beyrouth sans vous!

— Beyrouth?... Avez-vous dit Beyrouth?

D'un bond, Harry Bunt était sur pied.

— Eh oui! homme de peu de foi! s'écria le captain. Sachez qu'un « sans-fil » nous annonce que la division navale française de Syrie, de concert avec des vaisseaux de guerre britanniques, est entrée, ce matin, dans le port de Beyrouth et a trouvé la ville évacuée par l'ennemi. Et, aujourd'hui, la cavalerie du camp, précédée par les autos blindées et suivie par l'infanterie, part pour Beyrouth, que nous espérons occuper demain et dont la conquête couronnera dignement notre campagne de Palestine et de Syrie...

Rapidement, Harry Bunt, en écoutant son ami, commençait à procéder à sa toilette. Promenant avec énergie son rasoir sur ses joues, il ne s'interrompait que pour dire:

— Quand partez-vous?... Ne partez pas sans moi, par Jupiter!

— Soyez tranquille, vieux camarade; nous comptons bien sur vous, et votre chameau habituel vous attend...

Dans la soirée du 6 octobre, Mr Harry Bunt et son fidèle chameau suivaient la colonne de cavalerie qui se dirigeait vers Beyrouth et qui y fit son entrée le lundi 7 octobre. Le lendemain, l'infanterie arrivait à son tour.

Là encore, l'entrée des troupes britanniques ne ressembla en rien à l'arrivée d'une armée dans une ville conquise, mais bien plutôt à l'avènement désiré de libérateurs. Partout, des drapeaux, des fleurs, des acclamations.

Mr Harry Bunt, sur son chameau, redressait fièrement sa taille courte, répondant aux acclamations enthousiastes par des sourires. En lui-même, il faisait mentalement l'article qu'il se proposait d'envoyer, le lendemain, et où il démontrerait que l'occupation de Beyrouth signifiait l'effondrement indéniable de la force militaire de la Turquie, abandonnée par ses alliés ou plutôt par ses maîtres allemands, et attaquée victorieusement par l'Entente sur terre et sur mer.

Songeant au départ précipité de Liman von Sanders, il se disait: « Les rats s'en vont, donc le bâtiment fait eau... ».

Puis, toujours loyal envers les Alliés et l'Angleterre et disposé à rendre à César ce qui appartient à César, il se proposait de montrer, dans le même article, la force singulière de l'influence française en Syrie et d'en profiter pour faire la part des Français dans la campagne de Palestine.

Il n'avait pas négligé, d'ailleurs, de noter, sur son précieux petit carnet, les prouesses spéciales du contingent français que commandait le colonel de Piepape: Tul-Keram, enlevé au galop, dès le 19 septembre, par un régiment de cavalerie française, qui fit à lui seul 1.800 prisonniers et prit 13 canons; l'attaque de Naplouse par ce même régiment, qui prit encore là 900 prisonniers et 5 canons; la prise du mont Ararat par l'infanterie française, placée au centre même de la ligne d'attaque, où elle prit un bataillon ennemi tout entier, avec son état-major...

En Palestine comme sur le front occidental, l'union franco-britannique s'affirmait inébranlable et Harry Bunt songeait à clore sa série d'articles par un « Hurrah pour la France! » poussé d'aussi grand cœur que ses hurrahs pour la vieille Angleterre.

Mais ce fut Edward Harvey qui lui donna le mot de la fin. Lui désignant sir Edmund Allenby, qui recevait les notables de Bayrouth, il lui dit:

— Le « bull-dog » tient la Palestine et la Syrie; il ne les lâchera pas...

FIN